Dagfrid

Des brioches sur les oreilles

Pour Edda et Théodora
A. M.-D.

*11, rue de Sèvres, Paris 6e*
Loi n° 49.956 du 16 juillet 1949 sur les publications
destinées à la jeunesse : janvier 2020
Dépôt légal : octobre 2020
Imprimé en France par Aubin Imprimeur

ISBN 978-2-211-30250-0

Agnès Mathieu-Daudé

Dagfrid

Des brioches sur les oreilles

Illustrations d'Olivier Tallec

Mouche
l'école des loisirs

Je m'appelle Dagfrid. Oui je sais, c'est moche. Toutes mes copines s'appellent Solveig ou Astrid.

Je suis une fille viking.

La vie de fille viking, c'est pas compliqué.

Tu nais, tes cheveux blonds poussent et dès qu'ils sont assez longs, on te fait deux tresses. Au mieux, quand elles sont bien longues, on te les enroule sur les côtés de la tête, comme si tu avais des brioches qui poussaient sur les oreilles.

Ensuite, on t'habille avec une espèce de robe super longue qui t'entrave les jambes et t'empêche de courir sur les rochers ou d'embarquer pour aller découvrir l'Amérique.

Et pendant toute ton enfance, on t'apprend à faire des trucs très utiles, comme tresser les cheveux des autres filles vikings, ou coudre des espèces de robes super longues qui entravent les jambes.

Ou alors on t'apprend à cuisiner. Plus exactement, à faire sécher du poisson vu qu'il n'y a rien d'autre à manger. Je déteste le poisson. Maman a essayé de me le servir en sashimi, en bouillabaisse, en friture et même en chocolat. Mais ça ne trompe personne, le poisson.

Bref, une fois que tu sais faire toutes ces choses, tu peux passer ta vie dans une maison en tourbe.

C'est comme une cabane, mais humide et sombre avec sur le toit de l'herbe qui pousse aussi vite que tes cheveux. Et dans ta maison en tourbe, tu t'occupes à tresser, coudre et cuisiner à la lumière d'une lampe qui pue, puisque c'est une lampe à huile de poisson.

J'ai refusé qu'on me fasse des brioches sur les oreilles. J'ai quand même gardé les tresses, c'est pratique, sinon ça s'emmêle.

J'ai été obligée d'apprendre à coudre, mais une fois que j'ai su, je me suis fait des pantalons pour courir et une robe plus courte, parce que j'aime bien les robes aussi. Grâce à mes pantalons, j'ai pu monter à bord des bateaux pour aller pêcher dans la baie devant la maison. Les filles qui ont des robes longues, elles ne peuvent même pas embarquer. Et les chefs nous ont expliqué que si elles y arrivaient sans mouiller tous ces mètres de tissu, le vent les ferait gonfler comme des voiles et ça perturberait la navigation.

Il restait le poisson. On se demande à quoi ça sert de vivre en pantalon, tresses au vent, pour finir par aller pêcher du poisson et le manger séché comme tout le monde.

Mais sur nos bateaux, à part pêcher et découvrir l'Amérique, il n'y a pas grand-chose à faire. Et pour l'instant, on ne m'avait pas autorisée à aller découvrir l'Amérique. Déjà que le coup des tresses pas briochées et des pantalons, ça avait été dur à avaler…

Alors je pêchais des poissons en me bouchant le nez. Et puis je ne pouvais pas faire la grève de la faim.

D'abord, ça ne se fait pas trop chez les Vikings. Ensuite, ça n'aurait pas servi à grand-chose vu que sur notre île, il n'y avait vraiment rien d'autre à manger que ces fichus poissons.

Alors un jour, j'ai décidé d'embarquer pour le grand large, moi aussi. Je n'avais, au fond, aucune envie de découvrir l'Amérique, pour la bonne raison que c'était déjà fait. Mais il devait bien y avoir quelque part autre chose à manger que du poisson ?

Mon frère m'a aidée à construire en cachette un bateau à ma taille. En échange, je lui ai appris à coudre. On ne peut pas savoir tout faire.

Quand le bateau a été fini, il m'a regardée longuement dans les yeux, enfin comme il pouvait, parce qu'il a plein de cheveux et pas de tresses, et qu'avec le vent on ne voyait plus ses yeux. Puis il m'a mis une main sur l'épaule, et il m'a dit :

– Dagfrid ! Ton peuple compte sur toi !

Je ne savais pas trop pourquoi mon peuple comptait sur moi, mon

frère non plus je pense, alors je lui ai répondu :

– Non, non, Odalrik (oui, il s'appelle Odalrik, nos parents n'ont aucun goût), je pars parce que je déteste le poisson.

Odalrik m'a regardée dans les yeux à nouveau, sans les cheveux cette fois parce que le vent avait tourné.

– Que la victoire soit avec toi !

Je ne sais pas trop de quelle victoire il parlait, mais comme ça avait l'air de lui faire très plaisir, j'ai essayé d'avoir l'air solennel aussi (heureusement que je n'avais pas les brioches sur les oreilles, ça aurait été ridicule) et je l'ai remercié en disant :

– Et que les dieux te protègent, Odalrik, fils de Thor !

(Thor c'est un dieu mais c'est aussi mon père. Enfin je ne veux pas dire que mon père est un dieu, mais il a le même prénom que lui.

Et Odalrik adore que je l'appelle comme ça.)

Puis je suis montée sur mon bateau.

La traversée fut longue.

Je vous passe les détails, mais je crois qu'on peut dire que je souffre du mal de mer.

Heureusement que je n'avais pas mangé trop de poisson séché avant de partir.

Enfin, quand j'étais devenue toute blanche et que je commençais à regretter de n'avoir pas choisi d'aller en Amérique, j'aperçus au

loin quelque chose de vert. C'était très excitant et je me mis debout à la proue de mon bateau avec une main sur le front pour scruter l'horizon, comme j'avais vu les chefs le faire. C'est peut-être vrai qu'on a ça dans le sang, d'aller découvrir des pays.

Le vert se rapprochait, de plus en plus grand, jusqu'à devenir un petit îlot.

Je n'allais pas l'appeler « pays vert » ou un truc du genre, alors je décidai que ce serait le Dagfridland. Pour une fois, mon prénom ne sonnait pas trop mal (alors que le Solveigland, bof). Je sautai à terre, un bras levé vers le ciel.

– Dagfridland, je te conquiers !

Et là, à ma grande surprise, j'entendis un ricanement.

Je n'avais pas imaginé que mon îlot puisse être déjà habité, et surtout pas par des indigènes capables de ricaner.

Le ricanement se transforma en voix de fille :

– Pour qui il se prend, celui-là ? Eh, venez voir !

Et de derrière un talus surgirent une dizaine de filles habillées un peu comme les filles de chez nous, avec des brioches sur les oreilles. J'étais un peu déçue par le manque d'exotisme du Dagfridland.

Elles rigolaient toutes en me montrant du doigt.

Celle qui avait parlé continua :

– C'est interdit aux garçons, ici !... Et c'est quoi cette coiffure que tu t'es faite, d'abord ? Jamais vu un gars à tresses... Mais tu vas filer immédiatement !

J'étais très intriguée par les

coutumes locales. Je voulais poser des questions, mais toutes ces filles s'approchaient de moi, poing levé – et pas pour faire un salut d'accueil ou un geste de conquête de territoire inconnu, plutôt pour me taper dessus.

Et derrière elles, un tas d'animaux très étranges se mirent à faire des bruits encore plus étranges. Je ne savais pas ce que c'était. Ce que je savais, c'est que ce n'était pas du poisson. Mais on voyait que c'était des animaux – ils ne portaient ni tresses, ni longues robes, ni pantalons, ni casques – et jusqu'à nouvel ordre, les animaux, ça se mange, en tout cas sur mon île. Ça méritait une enquête.

– Attendez ! Pourquoi vous ne voulez pas qu'il y ait des garçons ici ?

– Parce que si on vous laisse vous installer en Astridland, c'est fini pour nous…

Zut, le Dagfridland avait déjà un nom, en plus d'un peuple.

– Comment ça ?

– Eh bien, au lieu d'aller garder les moutons, on va être obligées de rester toute la journée dans des maisons en tourbe, à coudre à la lueur de ces lampes à graisse de mouton qui puent…

– De la graisse de quoi ?

La fille me regarda bizarrement et reprit :

– Ben, de mouton ! Y a que ça ici, des moutons. Tout ce qu'on

mange, c'est du mouton, du mouton, et encore du mouton. Moi, personnellement, j'ai horreur de ça.

Je n'avais jamais entendu parler de « mouton ». Peut-être que c'était un poisson que je ne connaissais pas. Tant pis si elles se moquaient de moi :

– Ah ! C'est dommage, parce que moi c'est le poisson que je déteste…

La fille me regarda encore plus bizarrement :

– Mais, le poisson, ça se mange pas !

Et elle éclata de rire, et les autres filles l'imitèrent et les animaux derrière elles se mirent à faire un bruit atroce, tous en même temps.

– Excusez-moi, mais c'est quoi ces animaux, là, derrière vous ? C'est pas un peu dangereux ?

Alors là, elles rirent tellement qu'elles se tapèrent sur les cuisses à travers leurs robes longues.

– Tu vas nous faire croire que t'as jamais vu un mouton ?

C'était donc ça, un mouton. Tous ces animaux noirs ou beiges qui hurlaient… Ils étaient plus

gros que les poissons que les chefs ramenaient. Si on pouvait les transformer en repas, ça devait faire beaucoup de repas. J'eus une idée de génie, une idée de conquérante.

– Bon, si je vous apprends à sécher le poisson pour le manger, vous me donnez un mouton ?

– Et on va aller le pêcher comment, le poisson ?

– Je peux aussi vous apprendre à pêcher.

– Comment ?

– Je vais d'abord vous apprendre à construire un bateau. Vous savez coudre, au moins ?

– Ah ça, oui, coudre, on sait, et tricoter aussi…

– Tricoquoi ?

– Tu sais pas grand-chose, toi, hein ? Bon, on te montrera, avec la laine de ton mouton…

Et c'est ainsi que je leur appris à construire un bateau et à pêcher et

à sécher le poisson. Astrid (c'était la fille qui m'avait parlé en premier) déclara qu'elle n'avait jamais rien mangé d'aussi bon. Fini le mouton. Du coup, elle allait m'en donner deux, et m'apprendre à les tondre et à tricoter et aussi à élever des petits agneaux pour faire d'autres moutons plus tard. Je pouvais même manger un agneau de temps en temps et d'ailleurs j'allais en goûter un tout de suite, pendant qu'elles faisaient un festin de poisson, même si d'habitude les garçons n'avaient pas le droit de rester sur l'île pour déjeuner. Alors là, je me suis sentie obligée de lui expliquer que j'étais une fille, en fait. Je ne voulais pas leur faire faire des choses contre leurs principes, et puis on s'entendait bien et je n'aime pas mentir à mes amis. Enfin pas tout le temps. Elles n'en revenaient pas.

– Mais tu t'appelles comment ?

– Dagfrid. Oui, je sais…

– Mais c'est magnifique ! J'en rêve… Ici toutes les filles s'appel-

lent Astrid ou Solveig, c'est d'un ennui… Et si tu es une fille, pourquoi tu n'as pas les cheveux en brioche ?

– Vous ne trouvez pas ça ridicule, vous ?

– Ah, non, moi je trouve qu'il n'y a rien de plus beau. Et en plus, c'est pratique.

– Les tresses, oui. Les brioches, non merci !

– Et ces pantalons ? Jamais nos mères ne nous ont laissé porter des pantalons !

– Mais vous savez coudre, non ? Alors, allez-y ! Après tout, vous avez déjà conquis un pays !

– Bon, pas vraiment en fait… Nous aussi on a un secret. Nos familles habitent de l'autre côté de l'île. Tu as bien compris qu'on n'était pas arrivées en bateau… On est venues ici parce qu'on en avait marre de manger du mouton, mais on n'a rien trouvé d'autre. Et puis les moutons nous ont suivies. Ça suit, les moutons.

Et en effet, quand j'embarquai

pour le retour, le premier mouton qu'elles m'avaient donné sauta derrière moi d'un petit bond, suivi par le second. Les filles durent retenir tous les autres moutons qui voulaient suivre aussi, parce que mon bateau ne pouvait pas en emporter davantage.

Je remis ma main devant mon front et criai :

– Adieu, Astrid, fille de Thor ! (Peut-être que son père s'appelait Thor, et sinon il restait au moins le dieu.) Que la victoire soit avec toi !

– Adieu, Dagfrid ! Ton peuple compte sur toi !

On était sacrément fortes en trucs vikings.

Le retour s'est à peu près bien déroulé, je vous passe encore les détails, et il fallut en plus que j'empêche les moutons de brouter mes tresses.

Quand ils virent les moutons, nos grands

chefs eurent d'abord très peur. C'était drôle parce que les moutons étaient devenus particulièrement sages – je crois qu'ils avaient eu le mal de mer, eux aussi – et ils ne faisaient vraiment pas très peur. J'ai dû expliquer à tout le village, pour les agneaux, la laine et tout ça. Mes parents étaient drôlement fiers. Du coup, ils ont même proposé de me laisser changer de prénom, si je voulais m'appeler

Astrid ou Solveig comme je l'avais toujours demandé…

Mais j'ai réfléchi. Finalement, Dagfridland, ça sonne bien. Il ne me reste plus qu'à trouver un autre territoire à découvrir.

Quant à Odalrik, il était déjà en train de construire un enclos à moutons pour éviter que ceux-ci

continuent de brouter toutes les robes longues qu'ils rencontraient.

Depuis, on porte des robes mi-longues sur notre île, c'est beaucoup plus pratique.

Et on mange du mouton et de l'agneau, en plus du poisson.

Et on peut choisir son huile de lampe.

Il reste les brioches. Mais après tout, ce n'est pas si grave, et c'est vrai que ça évite de se faire brouter les tresses.

Du même auteur à *l'école des loisirs*

Collection Mouche

La série L'École des souris

Une rentrée en canoë

Par ici la sortie !

Vertical, ver génial